カステーラのような明るい夜

尾形亀之助——著
西尾勝彦——編

七月堂

もくじ

I

II

Ⅲ

IV

装画＝保光敏将
装幀＝クラフト・エヴィング商會

カステーラのような明るい夜

I

お可笑しな春

たんぽぽが咲いた
あまり遠くないところから楽隊が聞えてくる

春

（春になって私は心よくなまけている）

私は自分を愛している
かぎりなく愛している

このよく晴れた
春——
私は空ほどに大きく眼を開いてみたい

そして
書斎は私の爪ほどの大きさもなく

掌に春をのせて
驢馬に乗って街へ出かけて行きたい

無題詩

私の愛している少女は
今日も一人で散歩に出かけます
彼女は賑やかな街を通りぬけて原へ出かけます
そして
彼女はきまって短かく刈りこんだ土手の草の上に坐って花を摘んでいるのです
私は
彼女が土手の草の上に坐って花を摘んでいることを想います
そして

彼女が水のような風に吹かれて立ちあがるのを待っているのです

白い手

うとうと　と
眠りに落ちそうな
昼——

私のネクタイピンを
そっとぬこうとするのはどなたの手です
どうしたことかすっかり疲れてしまって
首があがらないほどです

ね
レモンの汁を部屋にはじいて下さい

風

風は
いっぺんに十人の女に恋することが出来る
男はとても風にはかなわない

夕方——
やわらかいショールに埋づめた彼女の頬を風がなでていた
そして　生垣の路を彼女はつつましく歩いていった

そして　又

路を曲ると風が何か彼女にささやいた
ああ　俺はそこに彼女のにっこり微笑したのを見たのだ

風は
彼女の化粧するまを白粉をこぼしたり
耳に垂れたほつれ毛をくわえたりする

風は
彼女の手袋の織目から美しい手をのぞきこんだりする

そして　風は
私の書斎の窓をたたいて笑ったりするのです

昼ちょっと前です

すてきな陽気です

×

マッチの箱はからで
五月頃の空気がいっぱいつまっている

このうすっぺらな
昼やすみちょっと前の体操場はひっそりして　きれいに掃除がしてある

無題詩

から壜の中は
曇天のような陽気でいっぱいだ
ま昼の原を掘る男のあくびだ

昔 ——
空びんの中に祭りがあったのだ

昼

太陽には魚のようにまぶたがない

日向の男

男のひたいに蝿がとまっています
陽あたりのよい窓にもたれて
男は
今　ちょっと無念無想です

私は　男のそばの湯のみと
男とをくらべて見たいような——
うかうかと長閑なものに引入れられようとするのです

雨

四日も雨だ――
それでも松の葉はとんがり

秋

円い山の上に旗が立っている
空はよく晴れわたって
子供等の歌が聞えてくる
紅葉《もみじ》を折って帰る人は
乾いた路を歩いてくる
秋は　綺麗にみがいたガラスの中です

夜の花をもつ少女と私

眠い――
夜の花の香りに私はすっかり疲れてしまった

××

これから夢です

もうとうに舞台も出来ている
役者もそろっている
あとはベルさえなれば直ぐにも初まるのです

ベルをならすのは誰れです
××

夜の花をもつ少女の登場で
私は山高をかるくかぶって相手役です

少女は静かに私に歩み寄ります
そして

そっと私の肩に手をかける少女と共に
私は眠り――かけるのです

そして次第に夜の花の数がましてくる

十二月

炭をくべているせと火鉢が密柑の匂いがする
曇って日が暮れて
庭に風が出ている

II

昼　床にいる

今日は少し熱があります
ちょっと風邪きみなのでしょう

明るい二階に
昼すぎまで寝て居りました

少女の頬のぬくみは
この床のぬくみに似ているのかしら
私は　やわらかいぬくみの中に体をよこたえて
魚のように夢を見ていました

「化粧には松の花粉がよい
百合の花のおしべを少し唇にぬってごらんなさい」と

そして
私はちかく坐る少女を夢みてぼんやりしている
ぬるい昼の部屋は窓から明りをすすって
私のかるい頭痛は静かに額に手をのせる

私は待つ時間の中に這入っている

ひっそりした電車の中です
未だ　私だけしか乗ってはいません

赤い停車場の窓はみなとざされていて
丁度——
これから逢いにゆく友が
部屋のなかに本を読んでいるのですが
煙草を吸うことを忘れているので何か退屈そうにしています

いつまでも寝ずにいると朝になる

眠らずにいても朝になったのがうれしい
消えてしまった電燈は傘ばかりになって天井からさがっている

ある昼の話

疲れた心は何を聞くのもいやだ　と云うのです
勿論　どうすればよいのかもわからないのです
で兎に角 ——
私は三箱も煙草を吸いました
かすかに水の流れる音のするあたりは
ライン河のほとりなのか ——

×

どうしてこんなだろう　と友人に手紙を書いて
私は外出した

暗夜行進

自分があてもなく夜の路を歩いているのであってみれば、街がどんなに広くともどうにもしかたがなかった。力を入れているのは歩いている足なのかそれとも心のどこかであったのか、いつの間にか「自分がこうして歩いていて踏切のようなところへ出てそこで死んでしまう」ことになっているのだった。

自分がもう小便をやりたくないのはどこかでしてしまったのだったろうか。どうしてこんなことになったのか、とき折り立ちどまってはみるものの、家の近くまで帰ってきて小便をしに入った露路から何処までもきりもなくつづいているのだった。

夜が重い

（笑ったような顔をして来る朝陽に袋をかぶせる）

私は夜の眠り方を忘れている

ぽっとした電燈の下で
指をくわえるような馬鹿をして
風に耳をかしげ足を縮めて床の中に眠れないでいる
乾いた口に煙草を噛んで
熟した柿のような頚を枕におしつけている

眼に穴があいている

雨降り

地平線をたどって
一列の楽隊が　ぐずぐず　していた
そのために
三日もつづいて雨降りだ

商に就いての答

もしも私が商《あきない》をするとすれば
午前中は下駄屋をやります
そして
美しい娘に卵形の下駄に赤い緒をたててやります

午後の甘まったるい退屈な時間を
夕方まで化粧店を開きます
そして
ねんいりに美しい顔に化粧をしてやります
うまいところにほくろを入れて　紅もさします

それでも夕方までにはしあげをして
あとは腕をくんで一時間か二時間を一緒に散歩に出かけます

夜は
花や星で飾った恋文の夜店を出して
恋をする美しい女に高く売りつけます

雨日

午後になると毎日のように雨が降る
今日の昼もずいぶんながかった
なんということもなく泣きたくさえなっていた
夕暮
雨の降る中にいくつも花火があがる

初夏一週間（恋愛後記）

つよい風が吹いて一面に空が曇っている
私はこんな日の海の色を知っている

歯の痛みがこめかみの上まで這うように疼いている

私に死を誘うのは活動写真の波を切って進んでいる汽船である
夕暮のような色である

×

昨日は窓の下に紫陽花を植え　一日晴れていた

とぎれた夢の前に立ちどまる

月あかりの静かな夜る——

私は
とぎれた夢の前に立ちどまっている

×

闇は唇のようにひらけ
白い大きな花が私から少し離れて咲いている
私の立っているところは極く小さい島のもり上った土の上らしい

×

私は鉛のように重もたい

×

死んだように静かすぎる

私は
消えてしまいそうな気がする

×

たくさんの——
鳥だ
たくさんのねずみだ
一本の煙突だ
一人の馬鹿者だ
夢がとぎれている

雨が降る

夜の雨は音をたてて降っている
外は暗いだろう
窓を開けても雨は止むまい
部屋の中は内から窓を閉ざしている

愚かなる秋

秋空が晴れて
縁側に寝そべっている
眼を細くしている
空は見えなくなるまで高くなってしまえ

花（仮題）

電燈が花になる空想は
一生　私から消えないだろう

秋の日は静か

私は夕方になると自分の顔を感じる
顔のまん中に鼻を感じる

噴水の前のベンチに腰をかけて
私は自分の運命をいろいろ考えた

十二月

紅を染めた夕やけ
風と
雀
ガラスのよごれ

年のくれの街

街は夕方ちかかった
風もないのに
寒さは服の上からしみこんでくる
何とまあ――　沢山の奥さん方は
お買物ですか
まるでねずみのように集まって
左側を通って下さい
左側を――

左側を通らない人にはチョークでしるしをつけます

ひょっとこ面

納豆と豆腐の味噌汁の朝飯を食べ、いくど張りかえてもやぶけている障子に囲まれた部屋の中に一日寄りかかったまま、自分が間もなく三十一にもなることが何のことなのかわからなくなってしまいながら「俺の楽隊は何処へ行った」とは、俺は何を思い出したのだろう。此頃は何一つとまとまったことも考えず、空腹でもないのに飯を食べ、今朝などは親父をなぐった夢を見て床を出た。雨が降っていた。そして、酔ってもぎ取って来て鴨居につるしていた門くぐりのリンに頭をぶつけた。勿論リンは鳴るのであった。このリンには、そこへつるした日からうっかりしては二度位いづつ頭をぶっつけているのだ。火鉢、湯沸し、坐ぶとん。畳のやけこげ。少しかけてはいるが急須と茶わんが茶ぶ台にのっている。しぶきが吹きこんで一日中縁側は湿っけ、時折り雨の中に電車の走っているのが聞えた。夕暮近くには、自分が日本人であるのがいやになったような気持になって坐っていた。そして、火鉢に炭をついでは吹いているのであった。

III

春

私は椅子に坐っている
足は重くたれて
淋びしくいる
私は　こうした私に反抗しない
私はよく晴れた春を窓から見ているのです

夜の向うに広い海のある夢を見た

私は毎日一人で部屋の中にいた
そして　一日づつ日を暮らした

秋は漸くふかく
私は電燈をつけたままでなければ眠れない日が多くなった

明るい夜

一人　一人がまったく造花のようで
手は柔らかく　ふくらんでいて
しなやかに夜気が蒸れる

煙草と
あついお茶と

これは——
カステーラのように
明るい夜だ

白（仮題）

あまり夜が更けると
私は電燈を消しそびれてしまう
そして　机の上の水仙を見ていることがある

無題詩

夜になると訪ねてくるものがある
気づいて見ると
なるほど毎夜訪ねてくる変んなものがある
それは　ごく細い髪の毛か
さもなければ遠くの方で土を堀りかえす指だ
さびしいのだ
さびしいから訪ねて来るのだ

訪ねて来てもそのまま消えてしまって
いつも私の部屋にいる私一人だ

一本の桔梗を見る

かわいそうな囚人が逃げた
一直線に逃げた

×

雨の中の細路のかたわら
草むらに一本だけ桔梗が咲いている

五月の花婿

青い五月の空に風が吹いている
陽ざしのよい山のみねを
歩いている　ガラスのきゃしゃな人は
金魚のようにはなやかで
新らしい時計のように美くしい

ガラスのきゃしゃな人は
五月の気候の中を歩いている

七月の　朝の

あまりよく晴れていない
七月の　朝の
ぼんやりとした負け惜みが
ひとしきり私の書斎を通って行きました

——後
先の尖がった鉛筆のシンが
私をつかまえて離さなかった
　（電話）
「モシモシ——あなたは尾形亀之助さんですか」

「いいえ　ちがいます」

昼

昼の雨

ちんたいした部屋
天井が低い

おれは
ねころんでいて蝿をつかまえた

昼の部屋

テーブルの上の皿に
りんごとみかんとばなな――と

昼の
部屋の中は
ガラス窓の中にゼリーのようにかたまっている

一人――部屋の隅に
人がいる

うす曇る日

私は今日は
私のそばを通る人にそっと気もちだけのおじぎをします
丁度その人が通りすぎるとき
その人の踵のところを見るように

静かに
本のページを握ったままかるく眼をつぶって
首をたれます

うす曇る日は

私は早く窓をしめてしまいます

一日

君は何か用が出来て来なかったのか

俺は一日中待っていた
そして
夕方になったが
それでも　暗くなっても来るかも知れないと思って待っていた

待っていても
とうとう君は来なかった
君と一緒に話しながら食おうと思った葡萄や梨は

妻と二人で君のことを話しながら食べてしまった

初冬の日

窓ガラスを透して空が光る
何処からか風の吹く日である
窓を開けると子供の泣声が聞えてくる
人通りのない露路に電柱が立っている

火鉢のある部屋

毛布に膝をつつんで
天井から部屋のまん中に垂れさがっている電燈の前に坐っているので
夜が屋根にすれすれに凝っているような気がする

煙草の煙はゆらゆらしている
私の膝はやわらかい
大きな声さえ出さなければ何時まで起きていても誰も叱りはしないだろう

IV

昼のコックさん

白いコックさん
コロッケが　一つ

床に水をまきすぎた
コックさん
エプロンかけて
街は雨あがり

床屋の鏡のコックさん
昼ちょっと前だ

コックさん

花

街からの帰りに
花屋の店で私は花を買っていた
花屋は美しかった
私は原の端を通って手に赤い花を持って家へ帰った

月夜の電車

私が電車を待つ間
プラットホームで三日月を見ていると
急にすべり込んで来た電車は
月から帰りの客を降して行った

出してみたい手紙(2)

(雨の日の風呂の中の鼻歌)

君は僕と馬車に乗って旅行に出てみようとは思わないか。
君さえその気なら僕は黒塗りの箱馬車と馬を買おう。
パンのかけらや半熟卵のからで馬車の中が散らかっているのを
僕達は笑ってお互の眼をのぞいていると馬車が急に速くなったりするのさ。
そして
君はうすでのわりに短いスカートに毛の靴下をはいて
ねずみの天鵞絨の上着には金糸の絹レースで士官の服のようなぬいいをしている。
僕は粗まつな服を着ていよう。

夜は眠ったり眼がさめたりランプのような燈りでりんごを食べたりしよう。
街へ入ったら半分だけカーテンを下して馬をゆっくり歩かせて
こいコーヒを飲ます店を探したり手まねでチョコレートを買ったりしよう。
君さえその気なら僕は君のケライになって出かけよう。
君はうすでのわりに短いスカートに毛の靴下をはいて。

坐って見ている

青い空に白い雲が浮いている
蟬が啼いている

風が吹いていない

湯屋の屋根と煙突と蝶
葉のうすれた梅の木

あかくなった畳
昼飯の佗しい匂い

豆腐屋を呼びとめたのはどこの家か
豆腐屋のラッパは黄色いか
生垣を出て行く若い女がある

無聊な春

鶏が鳴いて昼になる

梅の実の青い昼である
何処からとなくうす陽がもれている

×

食いたりて私は昼飯の卓を離れた

不幸な夢

「空が海になる
私達の上の方に空がそのまま海になる
日――」
そんな日が来たら

そんな日が来たら笹の舟を沢山つくって
仰向けに寝ころんで流してみたい

幻影

秋は露路を通る自転車が風になる

うす陽がさして
ガラス窓の外に昼が眠っている
落葉が散らばっている

秋日

一日の終りに暗い夜が来る
私達は部屋に燈をともして
夜食をたべる

煙草に火をつける

私達は昼ほど快活ではなくなっている
煙草に火をつけて暗い庭先を見ているのである

夜がさみしい

眠れないので夜が更ける
私は電燈をつけたまま仰向けになって寝床に入っている
電車の音が遠くから聞えてくると急に夜が糸のように細長くなって
その端に電車がゆわえついている

恋愛後記

窓をあければ何があるのであろう
くもりガラスに夕やけが映っている

V

浅冬

――こんな言葉はあったろうか――

しゃぶっている飴玉を落し、そのまま口に入れることは偉い。又、泥をぬぐって口中にもどすことも偉いことだ。ただそのまますててしまう子は悲しい。

急に寒むい日が二、三日つづくと、あとは冷い雨になり、朝は暗いうちに六時が過ぎていたりするのだった。

ぶどうの葉も欅の葉もかさかさになって落ち、雑草の叢は枯れて透き、板べいのもぎ取れた穴が方方に口をあけ、紙屑は庭いっぱいに散らばっている。火鉢は煙草の吸殻で埋づまりこの冬は炭をたくとも思われず、幾日も掃除をしない部屋の中の寒々しい子供等を思うと、如何にも寂びしく暗い。昨日も一人の子はずぼんがひどくよごれたとかやぶけているとか言って三日も学校へ行かずにいることがわかり、私は腹を立てて胸をすっぱくした。私は寒むくなることが怖くなった。妻が去って半年が過ぎたのだ。

靴底に泥を吸わせ、ぬれた靴下のはき心地わるく、もう燈のともった街に役所を退けて、私は消残る夕焼の山の頂に眼をすえて歩いているのだ。

子供等は、足を冷めたがり寝床に入って私の帰りを待っているだろう。私は小さい掌に饅頭などを一つづつ渡し、うっかり眠ってしまっている子の額を撫でてゆり起さなければならぬのだ。そして、夕飯を食べるのだ。

雨ニヌレタ黄色

花デハナイ。モミクチャノ紙デハナカロウカ、景色ハ、ソノアスファルトノ路ノ上ノ黄色イモノニ染マルコトモナク、イッサイガナントナク澄ンデイル。

自分ハ、ソレヲナガク見テイタノカ、変ニ疲レタ気持サエシテ、ナンダカ服ノ中ノ体ガ寒ムクナッタ。

ト、突然私ノ眼ニアフレテ一群ノ兵隊ガ通ルト、モウ黄色イモノハナク、燈ノ消エタヨウニソコラガ白々シイ薄暮ノ雨ノ路トナッタ。

大キナ戦（1　蠅と角笛）

五月に入って雨や風の寒むい日が続き、日曜日は一日寝床の中で過した。顔も洗らわず、古新聞を読みかえし昨日のお茶を土瓶の口から飲み、やがて日がかげって電燈のつく頃となれば、襟も膝もうそ寒く何か影のうすいものを感じ、又小便をもよおすのであったが、立ちあがることのものぐさか何時までも床の上に坐っていた。便所の蠅（大きな戦争がぼっ発していることは便所の蠅のようなものでも知っている）にとがめられるわけもないが、一日寝ていたことの面はゆく、私は庭へ出て用を達した。

青葉の庭は西空が明るく透き、蜂のようなものは未だそこらに飛んでいるらしく、たんぽぽの花はくさむらに浮かんでいた。「角笛を吹け」いまこそ角笛は明るく透いた西空のかなたから響いて来なければならぬのだ。が、胸を張って佇む私のために角笛は鳴らず、帯もしめないでいる私には羽の生えた馬の迎いは来ぬのであった。

編者あとがき

尾形亀之助（一九〇〇—四二）の詩は、彼の没後も八〇年近くにわたってほそぼそと読み継がれてきました。今回、この詩集を編むにあたって願ったことは、作品の魅力が引き立つように、ただそれだけでした。

亀之助の詩には、「永遠の淋しさ」といったものが、ふかく含まれている気がします。

この詩集を、未知の読者、未来の人びとに捧げます。

西尾勝彦

出典

Ⅰ

お可笑しな春	雨になる朝
春	色ガラスの街
無題詩	色ガラスの街
白い手	色ガラスの街
風	色ガラスの街
昼ちょっと前です	色ガラスの街
無題詩	色ガラスの街
昼	雨になる朝
日向の男	色ガラスの街
雨	色ガラスの街
秋	色ガラスの街
夜の花をもつ少女と私	色ガラスの街
十二月	雨になる朝

II

昼　床にいる	色ガラスの街
私は待つ時間の中に這入っている	色ガラスの街
いつまでも寝ずにいると朝になる	雨になる朝
ある昼の話	色ガラスの街
暗夜行進	「門」第6輯　昭和4年11月発行
夜が重い	「亜」28号　昭和2年3月発行
雨降り	色ガラスの街
商に就いての答	色ガラスの街
雨日	雨になる朝
初夏一週間（恋愛後記）	雨になる朝
とぎれた夢の前に立ちどまる	色ガラスの街
雨が降る	雨になる朝
愚かなる秋	雨になる朝
花（仮題）	近代風景一月号　昭和2年1月発行
秋の日は静か	色ガラスの街
十二月	雨になる朝
年のくれの街	色ガラスの街
ひょっとこ面	障子のある家

III

春
夜の向うに広い海のある夢を見た
明るい夜
白（仮題）
無題詩
一本の桔梗を見る
五月の花婿
七月の　朝の
昼
昼の部屋
うす曇る日
一日
初冬の日
火鉢のある部屋

色ガラスの街
雨になる朝
色ガラスの街
雨になる朝
色ガラスの街
色ガラスの街
色ガラスの街
色ガラスの街
色ガラスの街
色ガラスの街
色ガラスの街
色ガラスの街
雨になる朝
「亜」26号　大正15年12月発行

IV

昼のコックさん	色ガラスの街
花	雨になる朝
月夜の電車	「銅鑼」9号　大正15年12月発行
出してみたい手紙(2)	「亜」25号　大正15年11月発行
坐って見ている	雨になる朝
無聊な春	雨になる朝
不幸な夢	色ガラスの街
幻影	雨になる朝
秋日	雨になる朝
夜がさみしい	雨になる朝
恋愛後記	雨になる朝

V

浅冬	歴程詩集　紀元二千六百年版　昭和16年2月発行
雨ニヌレタ黄色	「歴程」16号　昭和16年9月
大キナ戦(1　蠅と角笛)	「歴程」19号　昭和17年9月発行

尾形亀之助

一九〇〇年（明治三三年）宮城県柴田郡大河原町生まれ。

詩集に、『色ガラスの街』（恵風館 一九二五）、『雨になる朝』（誠志堂書店 一九二九）、『障子のある家』（私家版 一九三〇）がある。

「玄土」「詩人」「亜」「銅鑼」「文党」「門」など多くの文芸誌に参加。詩のほかに、短歌、物語、評論、戯曲、随想などを発表。日本のダダ運動の先駆ともなった「MAVO」の結成に参加し、「北日本詩人」、「映画往来」、「亜」では表紙絵を描いた。

自ら創刊に関わったものに「月曜」、「歴程」がある。

鎌倉市、文京区、新宿区、世田谷区などに居住し、一九四二年（昭和十七年）十二月二日、仙台にて没。

参考図書

秋元潔編集『尾形亀之助全集 増補改訂版』（思潮社 一九九九）
『現代詩文庫 尾形亀之助詩集』（思潮社 一九七五）

西尾勝彦

一九七二年京都府生まれ。現在奈良県在住。

天野忠、尾形亀之助の影響を受けて詩を書き始める。

主な詩集に『光ったり眠ったりしているものたち』(BOOKLORE 二〇一七)、『歩きながらはじまること』(七月堂 二〇一八)『ふたりはひとり』(七月堂 二〇二一)があり、ほかに詩的な実用書『新装ポケット版 のほほんと暮らす』(七月堂 二〇一九)などがある。

編集附記

この詩集は、各詩の出典をあたり制作しました。

本文の旧仮名遣いは現代仮名遣いにあらためています。

また、「夜が重い」の、「ぽっとした電燈の下で」については、「亜」28号を参照した際「ぼっと」とも読めましたが、編者と編集部での話し合いの結果このような表記といたしました。

カステーラのような明るい夜

二〇二一年一〇月一七日　第一刷発行

著　者　尾形　亀之助
編　者　西尾　勝彦
装　画　保光　敏将
装　幀　クラフト・エヴィング商會
校　正　高松　正樹（航星舎）
発行者　知念　明子
発行所　七　月　堂
〒一五六—〇〇四三　東京都世田谷区松原二—二六—六
電話　〇三—三三二五—五七一七
FAX　〇三—三三二五—五七三一

印刷製本　渋谷文泉閣

ISBN 978-4-87944-466-0　C0092
定価　本体￥2,000＋税